山洞裡的
小不點

羅伯・哈吉森／文圖　　黃聿君／譯

小山丘

這裡有一座山洞。

山洞裡住著一隻小不點。

小不點成天窩在山洞裡，
不肯出來……

……因為有一隻野狼守在外面。

「小不點，你為什麼不出來玩呢？」野狼問：

「我們一定能成為超級好朋友。」

「不用了，謝謝，」小不點回答：
「我已經有兩個朋友了。」

於是小不點繼續窩在山洞裡。

野狼每天都來找小不點。

「小不點，你為什麼不出來玩呢？」
野狼問：「你整天悶在山洞裡，
一定很無聊吧？」

「不會啊，」小不點回答：
「只有無聊的人才會覺得無聊。」

於是小不點繼續窩在山洞裡。

野狼守在山洞外，寸步不離。

連覺都不睡了。

可ㄎㄜ是ㄕ小ㄒㄠ不ㄅㄨ點ㄉㄧㄢ就ㄐㄧㄡ是ㄕ不ㄅㄨ肯ㄎㄣ出ㄔㄨ來ㄌㄞ 。

牠ㄊㄚ不ㄅㄨ想ㄒㄧㄤ爬ㄆㄚ樹ㄕㄨ ……

不ㄅㄨ想ㄒㄧㄤ玩ㄨㄢ球ㄑㄧㄡ ……

不ㄅㄨˋ想ㄒㄧㄤˇ摘ㄓㄞ花ㄏㄨㄚ ……

餵ㄨㄟˋ鳥ㄋㄧㄠˇ就ㄐㄧㄡˋ更ㄍㄥˋ別ㄅㄧㄝˊ提ㄊㄧˊ了ㄌㄜ ……

「小ㄒㄧㄠˇ不ㄅㄨˋ點ㄉㄧㄢˇ，你ㄋㄧˇ為ㄨㄟˋ什ㄕㄣˊ麼ㄇㄜ不ㄅㄨˋ出ㄔㄨ來ㄌㄞˊ玩ㄨㄢˊ呢ㄋㄜ？」
野ㄧㄝˇ狼ㄌㄤˊ終ㄓㄨㄥ於ㄩˊ沉ㄔㄣˊ不ㄅㄨˋ住ㄓㄨˋ氣ㄑㄧˋ了ㄌㄜ。

「我ㄨㄛˇ快ㄎㄨㄞˋ餓ㄜˋ死ㄙˇ了ㄌㄜ啦ㄌㄚ！」

「呃ㄜˋ，我ㄨㄛˇ是ㄕˋ說ㄕㄨㄛ……你ㄋㄧˇ一ㄧ定ㄉㄧㄥˋ又ㄧㄡˋ餓ㄜˋ又ㄧㄡˋ……」

「唉ㄞˊ唉ㄞˊ唉ㄞˊ唷ㄧㄛ唷ㄧㄛ唷ㄧㄛ喂ㄨㄟ喂ㄨㄟ喂ㄨㄟ喂ㄨㄟ啊ㄚˇ啊ㄚˇ啊ㄚˇ啊ㄚˇ！」

小ㄒㄧㄠˇ不ㄅㄨˋ點ㄉㄧㄢˇ窸ㄒㄧ窸ㄒㄧ窣ㄙㄨˋ窣ㄙㄨˋ的ㄉㄜ嗅ㄒㄧㄡˋ了ㄌㄜ嗅ㄒㄧㄡˋ。
「聽ㄊㄧㄥ你ㄋㄧˇ這ㄓㄜˋ麼ㄇㄜ一ㄧˋ說ㄕㄨㄛ，
我ㄨㄛˇ還ㄏㄞˊ真ㄓㄣ有ㄧㄡˇ點ㄉㄧㄢˇ餓ㄜˋ了ㄌㄜ呢ㄋㄜ。」

「那正好，」野狼說：
「我這裡有為你特製的
超美味甜甜圈！
要不要出來吃啊？」

「上面有灑彩色糖粒嗎？」
小不點問。

「有ㄧㄡˇ！」
野ㄧㄝˇ狼ㄌㄤˊ大ㄉㄚˋ聲ㄕㄥ回ㄏㄨㄟˊ答ㄉㄚ。

小ㄒㄧㄠˇ不ㄅㄨˋ點ㄉㄧㄢˇ伸ㄕㄣ伸ㄕㄣ懶ㄌㄢˇ腰ㄧㄠ，
緩ㄏㄨㄢˇ緩ㄏㄨㄢˇ從ㄘㄨㄥˊ山ㄕㄢ洞ㄉㄨㄥˋ裡ㄌㄧˇ……

出來玩了！

「我真的好愛甜甜圈，」
大熊說：

「但我還是有點餓……」

「小不點，你為什麼不出來玩呢？」大熊問：

「我們一定能成為超級好朋友。」

獻給全天下的小不點

——R.H.

IREAD
山洞裡的小不點

文 圖	羅伯・哈吉森
譯 者	黃聿君
發 行 人	劉振強
出 版 者	三民書局股份有限公司
地 址	臺北市復興北路 386 號 (復北門市)
	臺北市重慶南路一段 61 號 (重南門市)
電 話	(02)25006600
網 址	三民網路書店 https://www.sanmin.com.tw
出版日期	初版一刷 2017 年 10 月
	初版二刷 2021 年 12 月
書籍編號	S858291
I S B N	978-957-14-6296-7

Originally published in the English language as THE CAVE by
Frances Lincoln Children's Books, an imprint of the Quarto Group, in 2015
The Cave © 2017 Quarto Publishing Plc
Text and Illustrations © Rob Hodgson 2017
Traditional Chinese copyright © 2017 by San Min Book Co., Ltd.
ALL RIGHTS RESERVED.